KB264429

히히히 맛있겠다

미야니시 타츠야 글·그림 | 고향옥 옮김

이 세상에
태어나선 안 될 생명은
무엇 하나 없습니다.
하물며 모두가 싫어하는,
그 사나운 티라노사우루스마저도…….

달리

옛날 옛날 아주 먼 옛날,
폭풍이 사납게 몰아치던 날, 쪼그만 알이
이리 데구르르…… 저리 데구르르…….

그러다 바위에 쾅! 부딪혀
빠직 빠직 빠지직…….

쩍!
트리케라톱스 쌍둥이가 태어났습니다.
"야, 밀지 마!"
"너나 발 좀 치워! 알 속은 좁잖아.
어, 어어…… 알이 깨진다……."
"우아, 우리가 태어났어!"
"야호! 드디어 너랑 헤어진다!"
둘은 알 속에서부터
계속 싸움만 했답니다.

알에서 나오자마자 꼬리 짧은 동생이 말했죠.
"아, 배고파! 풀 먹으러 가야지."
꼬리 긴 언니가 대답했습니다.
"나는 나뭇잎 먹어야지."
그러자 동생도 지지 않고 말했죠.
"나는 진짜 나뭇잎이 싫어!"
그 말을 들은 언니도 지지 않고 쏘아붙였어요.
"나도 풀은 절대 안 먹어!"
그렇게 둘이서
싸우고 있는데—.

"히히히, 맛 있 겠 다."
티라노사우루스가 다가왔어요.

"맛 있 겠 다?
아저씨, 뭐가 맛있겠단 거예요?"
둘은 두리번두리번 주위를 둘러보았습니다.

"아하, 빨간 열매! 우아, 맛 있 겠 다!
진짜 맛있어 보여요, 아저씨."
"난 나뭇잎 안 먹고 빨간 열매 먹을래!"
"내가 먼저 '빨간 열매! 우아, 맛있겠다!' 그랬어!"

"아냐, 내가 먼저 '빨간 열매 먹을래!' 그랬단 말이야!"
멍하니 있는 티라노사우루스에게 언니가 재촉했어요.
"아저씨, 뭐 해요? 얼른 빨간 열매 따다 줘요!"
그러자 티라노사우루스는,

흔들흔들
투두둑 투둑 투둑……
빨간 열매를 따 주었죠.

쌍둥이는 빨간 열매를
맛있게 먹기 시작했습니다.
그 모습을 지켜보던 티라노사우루스가
"히히히, 맛 있 겠 다. 더, 더는 못 참아……." 하고
둘을 잡아먹으려 커다란 입을 쩌억 벌렸을 때였어요.

"아저씨, 빨간 열매
따다 줘서 고맙습니다.
나는 아저씨가 하늘만큼
땅만큼 좋아요!"
"나는 아저씨가 하늘만큼 땅만큼
우주만큼 좋아요."
"내가 먼저 '하늘만큼 땅만큼 좋아요!'
그랬어. 따라 하지 마!"
"누가 따라 했다고 그래! 나는
'하늘만큼 땅만큼 우주만큼 좋아요!'
그랬다, 뭐!"
"나는 크면 아저씨랑 결혼할래."
"너는 안 돼! 내가 아저씨랑 결혼할 거야!"
둘은 또 싸우기 시작했죠. 그러자,

"그만하지 못해! 요놈들!
세상에 너희 둘뿐인데,
왜 서로 도우며 사이좋게 지내지 못하는 거냐!
세상에 무서운 게 얼마나 많은 줄 알아?
너희를 잡아먹으려고 노리는 녀석이
우글우글하단 말이다!
사이좋게 지내! 다시는 싸우지 말고."
티라노사우루스가 우렁우렁 꾸짖었습니다.

"히히히, 맛 있 겠 다."
그때, 배고픈 다스플레토사우루스가 다가왔죠.

"이봐, 티라노사우루스!
그거, 나도 하나 먹자.
으흐흐흐……."
다스플레토사우루스가
트리케라톱스들을 막 덮치려는데,

콱!
티라노사우루스가 앞을 가로막고
으르렁거렸죠.
"다시는 여기 오지 마라!"

"으윽…… 알았어…….."
다스플레토사우루스는
울면서 도망갔어요.

그런데 그 모습을 지켜본 트리케라톱스 쌍둥이가
마구 화를 내지 뭐예요.
"왜 싸우고 그래요!
아저씨가 싸우면 안 된다고 했잖아요!"
"아까 그 아저씨는
그거 하나 먹자고 한 것뿐이잖아요.
빨간 열매 하나 나눠 주면 어때서…….
아저씨 나빠!"

티라노사우루스는 어안이 벙벙했어요.
"그, 그게 아니야…….
그 녀석이 맛 있 겠 다고 한 것은
빨간 열매가 아니고…….
아, 아니다. 미안하구나. 싸우면 안 되지.
다시는 안 싸울게. 미안하다."

언니와 동생은 생긋 웃으며 말했죠.
"딱 이번 한 번만 용서해 줄게요."
"아저씨, 이제 같이 빨간 열매 먹어요."

몹시 배가 고팠던 티라노사우루스는
빨간 열매를 덥석덥석 우적우적 먹었어요.
"우아, 아저씨는 빨간 열매를 정말 좋아하나 봐요.
많이 드세요."
티라노사우루스의 배는 금세 빵빵해졌습니다.

그날 밤, 빨간 열매를 배불리 먹은 셋은 함께 잠자리에 누웠죠.
"칫, 아저씨랑 나랑 둘만 있고 싶었는데.
언니가 없어져 버렸으면 좋겠어……."
동생의 불평에 언니도 말했죠.
"너만 안 태어났으면, 나랑 아저씨랑 둘이서 빨간 열매를 먹었을 건데……."

그 말을 들은 티라노사우루스는 눈을 부릅뜨고 화를 냈습니다.
"이 세상에 태어나선 안 될 녀석은 아무도 없어!
너희도, 그, 그리고…… 나도……."
그렇게 말하고 티라노사우루스는 조용히 눈을 감았어요.

다음 날 아침.
셋이서 잠을 깼을 때,
우르르르…… 콰아앙!
갑자기 화산이 폭발한 거예요.
그리고 새빨간 용암이 주르륵 줄줄
흘러내리기 시작했습니다.
"크, 큰일 났다. 이리로 온다!
도망쳐!"

티라노사우루스와 쌍둥이는 냅다 뛰기 시작했어요.
하지만 어느새 용암도 꾸르렁 꿀렁 꾸르렁
가까이 쫓아오고 있었죠.
"자, 저기로 가자! 서둘러!"
그런데……

셋이 도망친 곳은 낭떠러지였어요!
"아, 여기를 어떻게 뛰어넘어!
잘못하면 우리 셋 다 밑으로 떨어지겠어.
어떡하지, 어떡해……."
용암이 바짝 뒤쫓아 오고 있어요.
트리케라톱스 쌍둥이는 바들바들 떨고 있고요.

"조, 좋아!"
티라노사우루스는 크게
심호흡을 했어요.
그리고 "캬오!" 하고
무시무시한 소리를 지르면서
앞다리를 휘익 내밀었지요.

티라노사우루스는 다리를 만들었어요.
"빨리 내 위를 건너가! 어, 어서!"

"무, 무서워……."
동생이 건너지 못하고 벌벌 떨고만 있자,
다리를 건너기 시작한
언니가 동생을 보고
말했어요.
"내 꼬리를 잡아!"

그러자 동생도 언니의 꼬리를 살짝 물고
조심조심 건너기 시작했어요.
"괜찮아, 괜찮아.
천천히 건너면 돼……."
언니가 그렇게 말했을 때!
우르르르……
엄청난 지진이 일어나,

"으아악!"
언니가 그만 발을 헛디디고 말았어요.
"살려 줘──!"
하지만 티라노사우루스는
아무것도 할 수가 없었습니다.
간신히 버티고 있었거든요.

"나를 잡아!
아저씨랑 또 빨간 열매 먹어야지!
아저씨랑 결혼도 하고 싶댔잖아!"
그렇게 말하고
동생이 언니를
끌어올렸어요.

둘이 무사히 다리를 건너자 티라노사우루스가 소리쳤어요.
“어서 빨간 열매 숲으로 도망가!”
“아저씨는요?”
“나중에 갈게. 자, 내 말 잘 들어.
앞으로 둘이 사이좋게 지내는 거야.”
티라노사우루스는 팔다리의 힘이 완전히 빠졌지만
죽을힘을 다해 버티면서 그렇게 말했어요.

"네, 알았어요. 아저씨 것까지 빨간 열매 잔뜩 따 놓고 기다릴게요."
그렇게 말하고 뛰어가는 둘을 바라보면서
티라노사우루스는 생각했습니다.
'너희랑 같이 또 빨간 열매를 먹고 싶었는데……'
바로 그때였어요.

와르르르…….
티라노사우루스의 발밑에 있는 바위가 무너졌습니다.
새빨간 용암도 꾸르르르 꿀렁꿀렁 으르렁거리며
뒤쫓아 왔고요.

티라노사우루스는 나직이
중얼거렸습니다.
"너희가 무사해서
정말 다행이야……."

그때 빨간 열매 숲에서는
폴짝, 폴짝
쌍둥이가 몸을 부딪쳐 나무를 흔들자
빨간 열매가 후둑 후두두둑 떨어졌죠.
둘은 신이 나서 말했어요.
"아저씨가 좋아하겠다, 그치?"
"맞아. 또 '히히히, 맛 있 겠 다' 그럴 거야."
"아저씨, 빨리 왔으면 좋겠다."

미야니시 타츠야는 일본 시즈오카현에서 태어나 일본대학 예술학부 미술학과를 졸업했습니다. 인형미술가, 그래픽 디자이너를 거쳐 그림책 작가가 된 미야니시 타츠야는 개성 넘치는 그림과 가슴에 오래 남는 이야기로 전 세계 독자들에게 널리 사랑을 받고 있습니다. 〈고 녀석 맛있겠다〉 시리즈 외에도 《엄마가 정말 좋아요》,《말하면 힘이 세지는 말》,《신기한 씨앗 가게》,《찬성!》,《메리 크리스마스, 늑대 아저씨!》 등 많은 책이 우리나라에 소개되었고,《고 녀석 맛있겠다》로 '겐부치 그림책 마을' 대상을,《오늘은 정말 운이 좋은걸》,《누구 젖?》으로 고단샤 출판문화상 그림책 상을 받았습니다.

고향옥은 동덕여자대학교와 동대학원에서 일본 문학을 전공하고, 일본 나고야대학교에서 일본어와 일본 문화를 공부했습니다. 지금은 일본어로 쓰인 좋은 책을 우리말로 옮기는 일에 힘쓰고 있습니다. 옮긴 책으로는 《있으려나 서점》,《코끼리와 숲과 감자 칩》,《우리들의 7일 전쟁》,《하모니 브러더스》,《컬러풀》,《아빠가 되었습니다만》,〈수학가게〉 시리즈 등 많은 어린이 청소년 책이 있으며,《러브레터야, 부탁해》로 2016년 국제아동청소년도서협의회(IBBY) 어너리스트 번역 부문에 선정되었습니다.

히히히 맛있겠다

1판 1쇄 펴냄 2020년 12월 7일
1판 7쇄 펴냄 2024년 8월 27일

글·그림 미야니시 타츠야 | 옮긴이 고향옥
편집 홍희정 | 디자인 심흥섭
펴낸이 박소연 | 펴낸곳 (주)도서출판 달리
등록 2002.6.4(제10-2398호)
주소 04008 서울특별시 마포구 희우정로 16길, 17-5
전화 02)333-3702 | 팩스 02)333-3703
ISBN 978-89-5998-413-8 74800
ISBN 978-89-90364-52-4(세트)